LA DIOSA EN TI

Un libro de relatos para despertar tu poder

LIN MARROD

LA DIOSA EN TI

Un libro de relatos para despertar tu poder

LIN MARROD

© Lin Marrod, julio 2025.
Todos los derechos reservados.
Título: La diosa en ti.
Sello: Independently published

No se permite la reproducción total o parcial de este manuscrito, ni su incorporación a un sistema informático, ni su transmisión en cualquier forma o por cualquier medio, sea este electrónico, mecánico, por fotocopia, por grabación u otros métodos, sin el permiso previo y por escrito del autor. La infracción de los derechos mencionados puede ser constitutiva de delito contra la propiedad intelectual.

Ediciones Letras del Alma
Corrección: Pedro Garrido López.
Maquetación Mayelin Martínez Rodríguez.
Diseño de portada: Mayelin Martínez Rodríguez.

Imagen de portada: Canva Pro.
Imágenes interiores: Dall-e.

El día en que comprendamos que el amor propio no es lo mismo que el orgullo, la intolerancia o el extremismo, dejaremos de responder a la violencia con más violencia. Entenderemos, al fin, que el respeto no surge del miedo ni la justicia debe nacer del abandono de quienes han de garantizarla.

Lin Marrod

A todas las mujeres, sin importar su raza,
edad o credo.
Que en estas páginas encuentren su poder.

SUMARIO

PRÓLOGO 13
SIBILA DE DELFOS 17
AFRODITA 23
HERA 27
HÉCATE 31
DÉMETER 37
PERSÉFONE 41
HESTIA 45
ATENEA 51
ARTEMISA 55
AGRADECIMIENTOS 59
SOBRE LA AUTORA 61
OTROS LIBROS DE LA AUTORA 63

PRÓLOGO

Hola a ti, que has decidido darle una oportunidad a este pequeño libro. Lo que tienes en tus manos es un compendio de relatos escritos desde la perspectiva de grandes diosas griegas y de una figura mítica. Las elegí como protagonistas porque me fascina la historia antigua y su simbología resulta perfecta para dejar un mensaje de empoderamiento a las mujeres.

Vivimos en un mundo convulso, donde la violencia de género sigue siendo una herida abierta y, aunque luchamos por el respeto y la justicia, también debemos reconocer que cada mujer tiene derecho a elegir cómo quiere vivir. No todas transitan el mismo camino ni enfrentan la vida de igual manera.

Algunas han respondido con rabia; otras, desde el silencio, la independencia o la estrategia. Muchas han sido juzgadas por elegir el poder, el placer o el estatus; pero todas merecen respeto, porque el verdadero feminismo no impone un modelo único de mujer: defiende la libertad de ser cada una a su manera.

En este contexto, también es necesario señalar que muchas veces se cae en el error de marcar a todos los hombres con la etiqueta de agresores, como si la culpa colectiva pudiera sustituir a la justicia que sigue sin llegar de quienes deben impartirla. Lamentablemente, cuando la ley se ausenta, el dolor busca otras formas de expresarse, y no debería ser así.

Estos relatos, a modo de historias y testimonios, no juzgan ni justifican: reflejan situaciones, emociones y tipos de mujeres reales a través de la voz de lo mítico.

Si alguien se pregunta qué hace una escritora de un género de novelas controvertido escribiendo sobre empoderamiento femenino, aquí tiene la respuesta:

Escribir romántica erótica, rayando en dark romance, no es solo contar sobre pasión o personajes moralmente cuestionables. Es también hablar de la libertad de las mujeres para conectar con su propia sexualidad, de sentir sin culpa y de disfrutar sin pedir permiso.

El respeto hacia nosotras debe ser innegociable, pero mientras luchamos por un mundo donde ninguna mujer sufra abuso, acoso o violencia, debemos aprender a distinguir entre maltrato y sexualidad.

Somos seres autónomos y complejos, así que no hay contradicción entre abogar por el respeto y disfrutar de una literatura que explore nuestras más íntimas fantasías y active ese lado lascivo y morboso del ser humano, que tantas veces ha sido incomprendido.

La literatura erótica no es una excusa para la violencia ni para la opresión. Es un terreno fértil donde las mujeres pueden explorar su sensualidad sin las cadenas del juicio social.

No tiene nada que ver con la explotación de nuestros cuerpos; tiene que ver con celebrar lo que nos hace sentir vivas, humanas y apasionadas.

Este, como todos mis libros, está escrito para esas mujeres que saben que luchar por nuestros derechos no significa renunciar a nuestra sexualidad, sino exigir que tanto el placer como la justicia estén garantizados.

Advertencia: este libro no pretende ser fiel a la historia ni a la mitología. Para que las diosas representen las situaciones actuales que enfrentamos las mujeres, me he tomado la libertad de emplear licencias narrativas que, en algunos casos, difieren de lo que conocemos sobre dichas deidades.

SIBILA DE DELFOS

Abandoné el vientre materno en la mágica Delfos, el ombligo del mundo. Nacer mujer en una época gobernada por hombres fue perder las alas desde el útero. No lo sabía entonces; tardé años en comprenderlo. La niña feliz y mimada que fui no podía entenderlo.

Creía tener una vida perfecta, pero una venda invisible cayó poco a poco, y el mundo de colores en el que habitaba se volvió gris ante mis ojos. Así fue como pasé de niña a joven bendecida.

Tenía quince años cuando desperté junto a la fuente de la plaza, rodeada de rostros asombrados. Mi madre me levantó del suelo de piedra y no me soltó hasta llegar a casa. No habló ni me miró durante todo el trayecto. Ni siquiera se inmutó por el ánfora rota. En ese instante supe que algo iba mal.

Mientras intentaba seguirle el paso por el sendero de tierra, recordé las imágenes que habían invadido mi mente durante la caída: la piedra enorme junto a la gruta, la enredadera que cubría la entrada como una cortina, el perfume de las diminutas flores rojas, el murmullo del río cercano…

Volví a la realidad al tropezar con una piedra del camino. Necesitaba saber qué había hecho mal y pedir perdón antes de que el silencio hosco de mi madre se convirtiera en un regaño vergonzoso.

Al llegar a casa, intenté con todas mis fuerzas explicarme, pero ella se negó a escuchar y empacó mis cosas. Por un momento creí que un ánfora rota no era motivo para dejarme a mi suerte.

Instantes después, una mujer de belleza singular tocó a la puerta. Sus palabras destruyeron mi mundo perfecto: era mi madre, la verdadera. En mis venas se mezclaban la sangre de una ninfa inmortal y la de un semidiós marino. La incredulidad fue mi primera reacción; la frustración, la última.

Ojalá no hubiera aparecido. Habría sido más piadoso ser arrojada a la calle por una simple vasija de barro que descubrir aquella verdad tan extraordinaria como espantosa.

En mi caso, ser hija de seres tan singulares no fue una bendición. El don que acompañó mi nacimiento, y que se había manifestado por primera vez en la plaza, me alejaba de los míos y me negaba lo único permitido a mi género: esposo e hijos.

Olvidé mi estricta educación y el afán de enorgullecer a quienes me criaron. Ya conocía el amor, y me sublevaba ante la idea de renunciar a él. Las miraba a ambas, a mi madre biológica y a la que me había criado, y solo podía pensar que aquello era un mal sueño.

«No me está ocurriendo», me repetía una y otra vez.

Usé todos los argumentos: chantaje emocional, desafío, súplica… Nada funcionó. Mi destino ya estaba escrito.

Me dejaron en la gruta de mi visión. La belleza del lugar no suavizó mi rebelión. La perspectiva de la soledad, y todo a lo que debía renunciar, despertó en mí miedos profundos y una ira desconocida.

Durante días, permanecí agazapada en una esquina, ignorando a los creyentes que comenzaban a llegar al apartado refugio. En un arrebato, arranqué la enredadera y golpeé la piedra hasta que me sangraron los nudillos.

Tras la melancolía, llegó la conformidad. Aprendí que el tiempo todo lo cura, y yo no fui la excepción. Me entregué al don que tanto odiaba y, en trance, vi nacimientos, muertes, guerras, desastres naturales…

La enredadera volvió a crecer y sus flores alegraron mis días. Las aguas del Peneo lavaban mi cuerpo. Sentada sobre la gran piedra, junto a la entrada de la gruta, dejaba que mi imaginación volara como las aves que anidaban en los olivos cercanos.

Debí presentarme antes: soy Delphe, la que ve lo que vendrá. Durante demasiado tiempo, mi vida ha sido la soledad de una gruta y la procesión interminable de creyentes que buscan una señal para iluminar sus vidas vacías.

Fantaseé con que mi madre vendría a buscarme y me diría que su amor era tan grande que desafiaría mi destino, pero eso nunca ocurrió.

Con los años, descubrí que ni siquiera un don me salvaba de la maldición compartida con cada mujer que acudía a mí. Como ellas, debía asumir mi papel y aceptar lo que me había sido impuesto.

Me convencí de que mi sacrificio tenía sentido: era eso o arrojarme al río y entregar mi cuerpo a la tranquilidad de sus aguas. Me juré que, si no era capaz de huir, tampoco me rendiría. Aunque, por alguna razón que solo entendí más tarde, desechaba la idea del suicidio en el instante mismo de concebirla.

Ver a los humanos cometer siempre los mismos errores me impulsó a ser consejera, además de profetisa; pero nadie me escuchaba. No era lo que esperaban de mí. Querían conocer el futuro, no cómo evitarlo; y menos si el consejo venía de una mujer.

Las burlas y el desdén me recordaban todo lo que había perdido. Volvía a llorar, anhelando el amor y los hijos que veía en el destino de otras.

Hubo un tiempo en que cada pergamino traía una profecía más trágica que la anterior. Temí ver el fin de los tiempos en aquellas revelaciones. Algunos días no me atrevía a desenrollarlos. Los abría lentamente, interpretando palabra por palabra, como si así pudiera amortiguar su peso.

El disfraz con el que me había cubierto para engañarme y soportar el suplicio comenzó a desmoronarse sin que me diera cuenta. De la joven alegre y enamorada que se desmayó junto a la fuente no quedaba nada. Lo había entregado todo durante años, olvidando los sueños que se rompieron con aquella ánfora.

La ira regresó con más fuerza y el dolor me cegó. Salí de la gruta, decidida a no regresar. Ya no temía la furia de los dioses ni el castigo por desafiarlos.

Caminé por el sendero junto al río y, como un rayo, una nueva visión me derribó. Caí de rodillas y lo vi venir hacia mí. La dulzura de su rostro borró mi enojo. La luz en su mirada desterró mis miedos.

Lloré al visualizar el destino que le aguardaba, porque era más cruel que el mío. Vi la cruz y el martirio que padecería y sentí vergüenza. Yo renunciaba a mi tarea por egoísmo; él iba a entregar hasta su sangre por aquellos a quienes yo daba la espalda.

La pureza de su misión tocó mi alma y me llenó de amor. Conocer la difícil empresa que lo esperaba hizo que, por primera vez, me sintiera orgullosa de la mía.

Regresé a la gruta con una paz etérea. Nadie me obligaba esta vez: era mi decisión. Después de tantos años, descubrí mi propósito cuando todo parecía perdido.

Soy Delphe, y esta es mi historia. Soy la que ve lo que vendrá, y te digo: aunque todo parezca perdido, respira profundo, aclara tu mente y abre tu corazón. La respuesta que buscas está a la vuelta del recodo. Solo tienes que atreverte y salir de tu gruta.

AFRODITA

Nací entre la espuma del mar, donde las olas rompían contra las costas de Chipre. Llegué al mundo en el lugar en que el viento curte el rostro de los viajeros y las rocas murmuran historias antiguas. Emergí envuelta en la luz dorada del sol naciente, mientras la brisa esparcía la sal y cada gota de agua que caía de mi cuerpo brillaba como cristal líquido.

El mar me entregó como un regalo. Desde entonces, todos esperaron algo de mí: que amara, que sonriera, que fuera tan solo la belleza hecha carne. Un adorno divino.

Mi destino fue escrito con tinta ajena, y por un tiempo lo acepté, porque ser deseada es también una forma de poder. Dominar con la belleza es más fácil que conquistar con las ideas.

Me llamaron tentación, frivolidad, peligro… Nadie miró más allá ni preguntó quién deseaba ser en realidad.

El tiempo fue mi maestro, y un día lo comprendí. Me enseñó que, si no cultivas tu esencia, el reflejo del espejo será lo único que te pertenezca.

Veo a mujeres hermosas e inteligentes, forjadas entre gritos de protesta, marchas, puños en alto y batallas ganadas con lágrimas y fuego y también a otras que eligen dejar de pelear y prefieren brillar, no por lo que piensan, sino por lo que lucen.

Yo, Afrodita, les digo que está bien, porque no todas quieren ser heroínas. Muchas no han nacido para cargar pancartas ni romper cadenas; algunas eligen ser admiradas, no escuchadas, y eso también es parte de nuestra libertad.

¿Cambiar respeto por joyas? ¿Vender opinión por aplausos? ¿Buscar en la mirada de un hombre el reflejo que dé valor? Si lo eliges tú, nadie tiene derecho a señalarte. Solo recuerda que las decisiones se pagan y que las máscaras encuentran su momento para resquebrajarse.

Yo sé de apariencias, de belleza y de seducción. Fui adorada por mi rostro y usada por quienes confundieron deseo con amor. En el proceso, aprendí que la belleza seduce, pero no sostiene.

Un día, el espejo deja de devolver lo mismo que antaño. Las miradas de aprobación se desvían. Ya no basta un vestido caro ni un anillo brillante para sentirte valiosa. Ese día, solo queda tu esencia. Si no la cultivaste, te hallarás vacía y sola, incluso rodeada de personas y de lujo.

No vengo a juzgarte, mujer, sino a recordarte que puedes ser lo que quieras, pero cada elección es una semilla. Si eliges conformarte con riqueza, debes saber que muchas veces viene envuelta en oro, aunque vacía de respeto y desprovista de verdadera admiración. Si riegas la simiente de lo superficial, difícilmente cosecharás amor genuino.

Así que mírate sin filtros y pregúntate: ¿Quién soy sin lujos? ¿Quién soy cuando nadie me observa? ¿Alimenté mi alma o solo adorné mi cuerpo?

La mujer que permanece cuando cae el telón de esta obra llamada vida…, esa es la que realmente eres. El día en que todo lo demás se desvanezca, solo ella quedará.

HERA

Durante siglos me han temido. Me llamaron la celosa, la cruel, la implacable. Me pintaron con el mismo pincel con que retratan a las mujeres «difíciles»: esas que no se callan, que no sonríen cuando su mundo se derrumba, que no aceptan una traición como si fuera un simple desliz.

Fui todo eso, sí; pero también mucho más. Fui reina, diosa, esposa…, y en el proceso, me olvidé de mí.

Zeus, mi tonante esposo, fue mi mayor tormento. Lo amé con el corazón abierto y los ojos vendados. Le entregué mi eternidad y mi lealtad. Él respondió a esa entrega con engaños, amantes e hijos nacidos del adulterio.

Durante siglos me aferré al rol que esperaban de mí: la reina que sostenía el trono a toda costa, la mujer que prefería perdonar para preservar la imagen del Olimpo.

Me tragué cada lágrima con la abnegación que exigía el decoro, hasta que el sacrificio se transformó en rabia: una que ardía en silencio, porque ni siquiera a mí me estaba permitido estallar del todo.

Durante demasiado tiempo creí que debía castigar a las amantes e hijos ilegítimos de Zeus. Me convencí de que el dolor se combatía devolviéndolo multiplicado.

Entre todos los que desbordaban mi ira, uno brillaba como ninguno: Heracles. El semidiós fuerte, valiente, amado… El símbolo viviente de mi perenne dolor.

Lo odié desde su primer aliento. Lo perseguí con saña. Intenté destruirlo con todas mis fuerzas. No porque me hubiera hecho daño, sino porque era más fácil volcar mi furia sobre un niño que aceptar que el verdadero culpable dormía a mi lado.

Injustamente, proyecté sobre Heracles todo lo que no podía gritarle a Zeus. Era más sencillo atacar lo visible que mirar de frente la traición constante y pretender que nada ocurría.

Hoy confieso que me equivoqué: los hijos no deben pagar por los actos de los padres. No hay venganza justa cuando se dirige contra inocentes.

Ojalá alguien me hubiera tomado la mano y dicho que mi dolor no era indigno, que mis lágrimas no eran debilidad, que no era yo quien debía cargar con el peso de un amor envenenado.

A ti, Heracles, te pido perdón. No fuiste culpable de nada. Ojalá el tiempo me hubiera enseñado antes a juzgar con justicia. No sabía entonces que el indulto más difícil no es el que se pide ni el que se concede: es el que una se debe a sí misma por sus propios errores.

Mi fallo no fue amar a Zeus, sino olvidarme de mí. Ocupar un trono a costa de la dignidad es vivir encerrada en una jaula de oro.

Me equivoqué al creer que ser su esposa me obligaba a soportar lo insoportable.

Una diosa que se olvida de sí misma pierde su divinidad, que se esconde, avergonzada, y aguarda paciente a que su portadora recuerde quién es en realidad.

Hoy vengo a pedirte, mujer, que no confundas amor con sacrificio ni te enfrentes a nadie por un hombre que no sabe valorarte. No te hieras intentando retener a quien no quiere quedarse ni mendigues tiempo, atención o fidelidad.

El que ama de verdad no miente ni te hace dudar de ti misma. Aguantar no es amar. La paciencia no debe ser una cadena ni la fidelidad un castigo.

No esperes siglos para despertar. Eres diosa cuando te eliges, dices «no más» y recuerdas que tu alma no nació para consumirse en la hoguera de nadie.

Yo fui la esposa de Zeus, la que gobernó junto a él a los dioses y la que, un día, recogió las cenizas de su propia alma para restaurarla con dignidad y autoestima.

Hoy soy Hera, la que se gobierna a sí misma.

HÉCATE

Por la espesura del bosque tenebroso, donde ni los más avezados cazadores se atrevían a internarse, Livia caminaba en silencio. Oculta de pies a cabeza bajo la capa, su figura se fundía con la noche sin luna y con las formas fantasmagóricas de las ramas. No veía el sendero, pero conocía aquel camino de memoria. Lo recorría cada día para, lejos de toda mirada, descargar sus penas y pedir a la diosa un cambio definitivo.

La muchacha que solía ser no se habría atrevido a salir de casa en una noche tan oscura ni a entrar en ese bosque que, incluso bajo el sol, atemorizaba al más valiente de la aldea.

Avanzó hasta el claro, donde el gran árbol, enfermo y antiguo, se alzaba en el centro. Su corteza dibujaba vagamente la silueta de una mujer, un perro y un caballo. A su alrededor, otros árboles parecían rendirle tributo. Los caprichos de la madre naturaleza y el culto a Hécate habían hecho de ese rincón un sitio sagrado para las devotas de la diosa. En una Grecia cada vez más convulsa, preferían ocultar su fe en una deidad tan temida como poderosa.

Livia apretó la capa contra el pecho al divisar el resplandor y el grupo de mujeres sentadas alrededor del árbol. Apresuró el paso; solo ella faltaba para completar el círculo.

El día que encontró aquel pergamino junto a su cama, no imaginó que seguir sus instrucciones la llevaría a enfrentarse consigo misma y vencer todos sus miedos. Algo en aquellas palabras, escritas con una tinta extrañamente roja, despertó en ella una fuerza dormida.

Tomó asiento entre las demás, agradecida por el uso obligatorio de la capa, que ocultaba los moretones en el rostro y los brazos.

El aullido lejano de los perros inundó el claro. Ya no le asustaba. Como al resto, ese sonido le encendía la sangre y preparaba su cuerpo para liberar el poder que vibraba bajo su piel. Lo sentía subir desde la planta de los pies hasta la cabeza.

Abrió la mente al mundo que anhelaba y extendió la mano para apretar la de la compañera a su izquierda. La muchacha que había llevado al grupo temblaba como las hojas del viejo árbol bajo la brisa helada. Livia recordó cuando era ella quien tiritaba en ese mismo lugar. Las cosas habían cambiado. Ya no era iniciada, sino mentora.

Cerró los ojos al escuchar las pisadas sobre la hojarasca. Los pasos firmes de Ferea silenciaron los aullidos.

Apretó con más fuerza la mano de la muchacha. La punzada en la herida, de la que extrajo la sangre para escribirle el mensaje, le recordó la entrega que implicaba ese acto.

El uso de la sangre para captar nuevas integrantes la estremecía, pero comprendía su significado.

Más allá del rito pagano, era una promesa, una manera de decir: «Te tomo bajo mi protección, estoy contigo». Era compromiso, hermandad y un llamado a cambiar sus vidas desde la raíz.

Con la guía de Ferea, se preparaban para una existencia en la que ya no inclinarían la cabeza ni soportarían las ofensas de padres, esposos, hermanos o hijos; una vida en la que el matrimonio dejaría de ser el contrato que las convertía en esclavas; un mundo donde ninguna sociedad, credo ni figura tendría poder para dictar lo que significa ser mujer.

Para Livia, la enseñanza más valiosa de su mentora era que ningún cambio exterior sirve si no nace dentro de una misma. Le costaba aceptarlo, tras años de cargar con un yugo heredado como maldición de madre a hija. La sumisión parecía impregnada en la piel desde el vientre de la primera mujer.

Un murmullo recorrió el claro y cortó sus pensamientos:

—Te celebramos, hija de Perses, amante de las soledades y reina de la noche. Imploramos tu sabiduría y tu poder, protectora de caminos y encrucijadas.

La invocación finalizó. Livia sonrió: era el momento que más esperaba. Su cuerpo y su alma se alineaban con esas palabras; eran su mantra desde aquella noche en que todo cambió.

El corazón le retumbó en el pecho, anticipando la voz grave de Ferea, que estalló entre los árboles como un trueno contenido:

—¡Bienvenidas! ¡Que la bendición de Hécate os proteja! ¡Venís aquí para descubrir la divinidad que habita en vosotras y, al liberar su poder, convertiros en diosas!

Las horas pasaron. El ritual concluyó. Las tareas fueron asignadas. Una a una, se despidieron de Ferea, quien llegaba la última y partía la primera. Como era tradición, hincaban una rodilla ante ella, le rozaban la sandalia con la mano izquierda y se llevaban un mechón de su sagrado cabello a la frente, en señal de respeto.

Luego, con el mismo sigilo con que llegaban, se desvanecían en la noche, y la niebla lo invadía todo.

Apoyada en la pared rocosa, la mujer de cabello largo y mirada profunda observaba la aldea lejana, que aparecía apenas iluminada por el resplandor de algunos hogares.

Tiempo atrás, cuando los ruegos desesperados de tantas mujeres comenzaron a sonar demasiado parecidos, su preocupación la empujó a actuar.

Le extrañaba que su poderoso padre no la hubiera reprendido: sus poderes oscuros solo afectaban a ciertos hombres, y nunca a mujeres.

Tal vez Zeus comprendía que algo drástico debía hacerse y prefería mirar hacia otro lado.

Fuera como fuera, no las dejaría solas; no permitiría que vivieran condenadas por falta de guía.

Por ese mismo motivo, pasó de hija reconocida a reina de las sombras. Ni una más viviría ese destino si podía evitarlo.

Apretó los labios al recordar el rostro amoratado de Livia, quien se había adentrado en la niebla sin volver la vista atrás.

El marido de su protegida estaba a punto de aprender una lección dolorosa. No volvería a dejarla inconsciente a golpes. Ella no sería la segunda mujer que moriría bajo su yugo. Por su bien, esperaba que aprendiera a la primera, porque no habría otra advertencia.

Dio un paso al frente. Con un gesto, la niebla se abrió. Los animales la rodearon, olfateando su furia, ansiosos por su señal.

Cuando la diosa de la noche extendió los brazos hacia la aldea y señaló una choza en particular, los perros aullaron de forma escalofriante. Se lanzaron en esa dirección con los ojos inyectados en sangre y espuma brotando de sus fauces.

Allí dormía el blanco de los horrores que se desatarían aquella noche sin luna.

DEMÉTER

Yo, Deméter, no nací para la guerra ni para la venganza. No lancé rayos ni blandí espadas. Mi poder fue más silencioso, pero igual de temido, porque cuando una madre pierde a una hija, no queda nada en pie.

Perséfone no desapareció en la noche; la tierra se la tragó en pleno día. Fue víctima del deseo impune de un dios que no pidió permiso ni midió consecuencias, uno que confundió amar con arrebatar.

Después de eso, la vida continuó como si nada. El Olimpo no se inmutó.

Mientras los dioses alzaban las copas, bajé de mi trono de espigas, me quité la corona de amapolas y descendí, con los pies descalzos, al mundo de los mortales.

Busqué a mi hija como tantas mujeres lo hacen: con el dolor taladrando el pecho, las mejillas mojadas y su nombre ardiendo en los labios.

Pregunté por ella en campos, aldeas y montañas. Nadie respondió. Fui diosa entre mortales, y, aun así, me ignoraron. Lo hicieron del mismo modo en que ignoran a las madres que claman por justicia, a las que duermen con fotos bajo la almohada y con las rodillas ensangrentadas de tanto rezar.

De la impotencia nació la furia. Hablé con Gea, y ella me apoyó. Hice lo único que sabía hacer:

las semillas se negaron a brotar, los árboles se rindieron, el pan escaseó y los hombres, que antaño se alimentaban con mis dones, comenzaron a suplicar.

El Olimpo escuchó el plañido y reaccionó, no por mi dolor, sino por las consecuencias de mi sufrimiento.

Entonces comprendí que mi verdadero poder no estaba en dar vida a los campos, sino en mi decisión de no seguir sosteniendo un mundo que le daba la espalda a una madre rota.

Me presenté ante Zeus, el que todo lo ve, y lo enfrenté:

—Devuélvemela —le supliqué.

No le hablé como diosa ni hermana, sino como madre. Le recordé que un mundo donde una mujer pierde a su hija vilmente, y quienes pueden ayudar miran hacia otro lado, no merece cosecha.

Zeus titubeó, como hacen los poderosos cuando se enfrentan a una mujer sin miedo.

Cuando recuperé a Perséfone, ya no era la niña que se escondía en mi regazo. Me eligió a medias. Aun así, agradecí su regreso.

Volvió a mí porque nunca firmé pactos con el silencio. Con su búsqueda entendí que el poder no reside solo en los tronos y descubrí que no hay fuerza más grande que la persistencia.

Muchos me recuerdan como símbolo de las estaciones, del trigo y de los ciclos; pero no soy solo eso. Prefiero que me recuerden como la que gritó en el desierto, la que convirtió el hambre en protesta, la que no descansó hasta que la tierra respondió.

A ti, que buscas a tus hijos entre archivos polvorientos; a ti, que no sabes si viven o yacen bajo tierra; a ti, que has tocado puertas que no se han abierto y escuchado promesas que no han cumplido…, te digo que escuches mi grito, porque tiene el poder de abrir las puertas del inframundo y vencer al mismísimo Hades: ¡No estás sola!

Cuando caminas con un retrato en la mano o te sientas frente a una cámara con la voz temblando, cuando escribes nombres en murales, piedras y memoria…, eres la diosa que recuerda que ningún fruto vale más que un hijo. La madre que le grita al mundo que la vida no sigue igual desde el día en que te arrancan un pedazo del alma.

Si vosotras, madres buscadoras, tuvierais mis poderes, los gobiernos temblarían, los infiernos se abrirían y las verdades se revelarían. Ni un solo hijo faltaría sin que el mundo entero se detuviera a buscarlo.

Aunque, al observar lo que hacéis cada día, me queda claro que quizá no tengáis un don divino, pero poseéis algo más temible: la razón, el amor y la fuerza que nace del jamás rendirse. No necesitáis ser diosas para mover montañas.

Sabed que, cada vez que clamáis, una parte de mí clama con vosotras. Así que os insto a convertir el dolor en antorcha, a que vuestro sufrimiento sacuda al mundo para que la tierra se una al reclamo.

No esperéis sentadas ni calléis, ni mucho menos mendiguéis respuestas. Alzad la voz hasta que el suelo tiemble.

PERSÉFONE

Hades me arrancó del campo sin permiso. Me llevó lejos del canto de mi madre, del tacto del sol, del aroma a tierra húmeda después de la lluvia.

Fue un rapto, y no hay dulzura en esa palabra ni poesía que lo suavice. Me entregaron como ofrenda en un pacto entre dioses: una decisión sellada por el trueno y la sombra del abismo. Fui, al principio, la víctima perfecta de una historia sin consentimiento.

Pensarás: «¿Al principio?». Luego dirás que no hay excusas, que lo malo no florece, que lo roto no debe amarse.

Antes de juzgar, escucha todo lo que tengo que decir, porque, a veces, el barro donde caes tiene suciedad, sí; pero también semillas, simientes olvidadas que solo necesitan un poco de luz para brotar.

Hades no sabía cómo amar. ¿Quién le habría enseñado? Era el dios más temido por todos, el hermano relegado, el que no era invitado a la mesa del Olimpo.

Fue brutalmente honesto al confesar que me retendría para no sentirse solo, por más que yo rogara ser liberada. No me forzó ni me mintió, pero mi mundo blanco se volvió gris en el encierro.

Así comenzó mi vida en el lugar de los lamentos que nadie escucha. Con los días comprendí algo que jamás aprendí entre las flores: el dolor también tiene raíz.

En la oscuridad descubrí que, a veces, detrás de un grito, se esconde una súplica.

Con el tiempo, el gris se volvió más suave. No porque yo olvidara, sino porque él comenzó a pintar de blanco cada día.

A mí, la doncella que nunca había elegido más que el perfume de las flores, me entregó su reino y me dio el poder de gobernarlo a mi modo.

Hades cambió. Lo hizo por nosotros. Me convirtió en reina, no por título, sino por actos.

No todas las banderas rojas son advertencias. Algunas esconden grietas que, si sabes mirar, revelan un alma que nunca recibió amor, una a la que nadie reconoció su valor.

No justifico el rapto, nunca lo haré. Tampoco negaré lo que vino después. El amor no nace de la violencia, pero sí puede surgir de la conciencia.

El mundo me sigue viendo como la flor secuestrada, pero yo soy la mujer que eligió quedarse cuando ya no había cadenas.

Hoy te hablo a ti, que cuando miras tu historia ves sombras y te preguntas si ese amor que comenzó mal merece salvarse.

Debes saber esto: cuando el abuso, la mentira, el control o la negación se vuelven rutina, no es amor. No se transformará. Lo sensato es soltarlo. No fallas cuando eliges salvarte.

También debes saber que hay cosas que nacen rotas, y sanan. Aprende a distinguir. No lo juzgues por un solo acto. Observa la balanza: ¿hay cambios? ¿Hay verdad? ¿Hay respeto? ¿Hay crecimiento mutuo?

Si la respuesta es sí, puede que no sea el final. Quizá sea el momento en que la semilla encuentra su camino para brotar entre el lodo.

Te enfrentarás a muchos retos, yo lo sé bien. El principal será con quienes te aman.

Mi madre quiso separarme de Hades, y la entendí, porque el mundo no olvida lo que pasó. Es más fácil negar lo que ha cambiado. No comprenden que hay amores que necesitan sanar.

Prefieren juzgar el todo, como si no fuéramos seres únicos. Radicalizan banderas, confunden lucha con condena y olvidan que una causa que pierde el propósito también pierde el sentido.

Yo fui víctima, pero hoy elijo desde la conciencia. Regreso cada año a la tierra y desciendo otra vez al Inframundo, porque aprendí que, para que la felicidad sea blanca, a veces debe pasar por varios tonos de gris.

Divido mi vida entre mi esposo y mi madre porque, además del invierno, mi amor imperfecto y verdadero también merece la primavera.

Vuelvo con Hades por elección propia, porque sé, con la certeza de quien atravezó el abismo, que la felicidad no siempre viene del cielo. A veces, nace lentamente en el fondo de la tierra. Regreso a él porque, en el reino donde una vez lloré, ahora florezco.

HESTIA

La lluvia me sorprende de regreso a casa. Debí seguir mi instinto y buscar refugio cuando el viento trajo olor a tierra mojada.

En plena floresta, recuerdo una gruta donde solía jugar de niña y dirijo mis pasos hacia ella. El tiempo y la madre naturaleza han hecho lo suyo: apenas distingo la entrada entre tanta vegetación.

Dejo a mi fiel montura al amparo de un frondoso arbusto, pues no cabe por la angosta abertura. A duras penas, me arrastro en busca del resguardo que ofrece el interior.

La escasa luz del atardecer se filtra hasta el fondo de la cueva. Es tan espaciosa como la recordaba: parece una cúpula tallada por la mismísima madre natura. Desde las grietas del techo caen hilos de lluvia.

Busco el lugar más seco y saco la yesca. El alijo de ramas que siempre llevo conmigo me permite encender un fuego decente. No veo el futuro ni puedo predecir si lloverá o hará frío, pero la experiencia de otros viajes me ha enseñado a prever este tipo de contratiempos.

Las llamas dibujan sombras que danzan en las paredes de roca blanquecina. Me recuerdan las festividades dedicadas a los dioses, cuando las doncellas se agitan al ritmo de la música en celebraciones sagradas.

En esos destellos fugaces de memoria ancestral encuentro una parte de mí que sigue viva, aunque el tiempo y el deber hayan querido apagarla.

El chisporroteo de las ramas calcinadas rompe el silencio del inminente anochecer. Me hipnotizan los tonos rojizos y naranjas de la hoguera. Mis pensamientos vuelan libres en este refugio mientras escucho el rítmico golpeteo de las gotas de lluvia sobre las grandes hojas de la entrada. Cada sonido parece decir mi nombre, recordarme que aún existo, que aún deseo.

En noches como esta, sueño con un hermoso bebé en mi regazo. Veo con claridad su cabello rubio y sus pupilas azules, y siento sus pequeños deditos regordetes acariciando mi pecho mientras lo alimento. Cierro los ojos y escucho el gemir de su satisfacción, el chasquido acompasado de su lengua. Lo cubro con la manta y dejo apenas visible la mitad de su rostro angelical. Me invade la calidez del amor implícito en sostener ese pequeño cuerpo contra el mío. Disfruto del acto de amamantar… hasta que el crepitar de una rama me devuelve a la realidad.

No puedo evitar que estos anhelos me invadan cada vez que doy la bienvenida a un nuevo miembro del hogar. Es mi deber y también mi cruz. Soy Hestia, la diosa virgen, el ejemplo de lo que debería ser una mujer que aspira a convertirse en la esposa perfecta.

Asumí el celibato, aunque pensaba en matrimonio. Después de lo que he contado hasta aquí, pensarás que fue un error.

Y lo fue, porque dejé que otros decidieran por mí. Confié en que cuestionarían mi decisión, que rechazarían mi sacrificio... No podía estar más equivocada.

Me entregué a los demás sin un ápice de egoísmo ni de amor propio. Olvidé la malicia que habita en quienes aceptan el sacrificio ajeno, disfrazándolo de virtud, solo para beneficiarse de él.

Nadie me impuso esta vida vacía. Mi error fue callar y entregar mi futuro a manos ajenas. Ninguno se detuvo a pensar en los motivos que me llevaron a alejarme de lo que, para las mujeres de mi tiempo, se consideraba destino. Era más cómodo suponer que mi decisión facilitaba los planes de mi hermano. Así, poco a poco, mi voz se volvió susurro, y mi deseo, deber.

Me negué el amor para evitar una guerra entre dos pretendientes con quienes me unían lazos familiares. Elegir a uno habría desatado el conflicto. Mi hermano pudo impedirlo; una sola palabra suya, y yo habría sido libre de amar sin miedo ni culpa. En su lugar, me premió por mi aparente altruismo con el peor de los castigos.

Soy la deidad del hogar, de la armonía familiar, de los nuevos comienzos. Represento para los demás todo aquello que yo nunca tendré. Me convertí en símbolo de estabilidad cuando, por dentro, ardía de incertidumbre.

Odio estas noches húmedas que liberan a la mujer que reprimo, aquella que recita, resignada, una letanía interminable.

Resuena en cada rincón de mi mente, recordándome lo hermoso que sería vivir aquello que solo me atrevo a soñar.

El fuego me habla, me escucha, me calienta…; pero no me abraza. El cariño que nunca tuve se ha vuelto una necesidad silenciada.

El rebuzno del burro, a la entrada de la gruta, me sobresalta. Ese mismo sonido me salvó en una ocasión de la maldad de un hombre y de una experiencia humillante. Me perturba escucharlo justo ahora, cuando pienso en ellos y en el único motivo por el que les habría permitido entrar en mi vida.

Ya no me pregunto cómo habría sido si hubiera aceptado a uno de mis pretendientes o enfrentado a mi hermano con la verdad de lo que sentía. No tiene sentido recriminarme por no haber tenido el valor de decir:

—Ellos no me gustan. Uno es violento; el otro, un egoísta arrogante. Si los rechazo, su orgullo herido podría desencadenar una guerra. Ayudadme. Alejadlos. Quiero ser libre para encontrar un esposo que no me cause repulsión, uno que me muestre que no todos son iguales.

Hermosas palabras que jamás pronuncié.

Es tarde para mí. Acepté ser la virgen, la protectora del hogar. Preferí ser obediente, silenciosa y útil antes que alzar la voz por mi derecho a ser feliz.

Soy la diosa del fuego que no quema, del calor que sana, de la presencia que no exige nada, y sostiene todo. Estoy en cada rincón que ofrece abrigo, pero ¿quién me abriga a mí?

Me perdí en el dar. Creí que ser útil era más valioso que ser vista. Me postergué tantas veces que olvidé que el fuego necesita leña para perdurar. Quien cuida también precisa cuidado.

Quizá ya no haya solución para mí, pero hoy es el día en que os digo, a todas vosotras: nadie vendrá a salvaros. No esperéis a que la vida os dé permiso para florecer.

Levantaos y, desde la dulzura y la fuerza que os habita, decid en voz alta: ¡Basta! ¡Yo soy la dueña de mi destino!

ATENEA

No nací de madre ni de la unión de dos seres. Mi llegada al mundo fue extraordinaria, distinta, como también lo sería mi destino. Broté de la frente de Zeus, armada y dispuesta a enfrentar cualquier reto.

En mi esencia confluyen dos dones: la fuerza y la inteligencia. Poseo una mente lúcida y una voluntad inquebrantable.

Desde el primer instante supe que no seguiría el camino de las demás diosas. No me atraía el rol tradicional de esposa, madre o cuidadora. No porque careciera de valor, sino porque en mi interior latía algo más: una misión profunda. Mi propósito respondía a un ideal que trascendía toda expectativa, muy alejado de los roles impuestos por la sociedad.

El mundo quedó perplejo con mi nacimiento: no hubo llanto ni fragilidad en mi primer aliento. No fui creada para cuidar, sino para liderar y proteger. Jamás creí que mi valor residiera en ser deseada o en cumplir el papel que otros habían trazado. Tampoco debería ser así para ninguna mujer.

Fundé Atenas como símbolo, no como ciudad. Creé un lugar donde la razón y la justicia prevalecieran sobre la violencia y la imposición. Allí, el poder no provenía únicamente de la fuerza bruta, sino de la sabiduría y del equilibrio entre lo que sentimos y lo que pensamos.

Cada piedra y cada edificación era una manifestación de mi más profunda convicción: la mente es el arma más poderosa que poseemos.

Mientras otras diosas eran veneradas por su belleza o su capacidad de seducción, a mí se me reverenciaba por mi inteligencia y determinación. Jamás temí ser diferente. Nunca quise encajar en los estereotipos atribuidos a mi género. Muchas mujeres mortales también poseen esa diferencia y anhelan algo más que aquello que se les ofrece.

A lo largo de los siglos he contemplado sus luchas internas. La sociedad les dicta qué deben ser para sentirse completas, pero, a mis ojos, ser mujer es mucho más que eso.

Ser esposa o madre es un destino honorable para muchas, pero no el único posible. Para aquellas que aspiran a algo distinto, que desean construir una vida en torno a otros sueños y objetivos, también existe grandeza.

Ser diferente no es error ni defecto, sino una forma de existir en un mundo que rara vez comprende a quienes no se ajustan a las normas. Algunas mujeres han encontrado realización en el conocimiento, la creación o la lucha por la justicia; otras, en la familia y el calor del hogar. Cada una sigue su propio camino, y todos son válidos. Las admiro por su capacidad para enfrentarse a expectativas impuestas, barreras invisibles, reglas no escritas y juicios que intentan limitarlas.

No todas las batallas requieren espada y armadura. La forma más poderosa de resistencia suele darse en la mente y en el corazón. Luchar por la autenticidad es una de las batallas más difíciles, pero la victoria lo vale.

Lo que nos define no es lo que se espera de nosotras, sino aquello que elegimos ser.

A ti, mujer, te exhorto a que persigas tu naturaleza divina sin temor a ser distinta. No hay un único modo de vivir ni solo un destino correcto. Si deseas algo más allá de lo que otros consideran apropiado para ti, si tu corazón y tu mente anhelan caminos distintos, sigue adelante.

La grandeza reside en encontrar tu propia verdad, en ser fiel a ti misma. No importa si eliges ser madre, líder, creadora o guerrera; lo vital es que luches por aquello que nazca de tu verdadera esencia.

Las mujeres que cambiaron el curso de la historia no siguieron el camino que se les marcó: tomaron las riendas de su destino.

ARTEMISA

Nací antes que mi hermano gemelo. No lloré ni me aferré a mi madre para que me cuidara; fui yo quien la cuidó. Apenas llegada, ayudé a traer a Apolo al mundo con mis propias manos. Aun cubierta de sangre y luz, ya sabía cuál era mi propósito: ser fuerza para quienes la necesitaran.

Proteger a otros fue mi marca de nacimiento. Desde entonces, no pedí amor; preferí la libertad: la que no se mendiga ni se negocia, la que se arranca al mundo con los dientes si es necesario.

Me planté ante mi padre, Zeus, y le dije con firmeza:

—No tendré esposo, hijos ni cadenas. Seré de los bosques y correré sin que me persigan.

Y él asintió.

Mientras otros dioses se sentaban en tronos dorados y contemplaban el mundo desde lo alto, yo pisaba la tierra húmeda y dejaba huellas en la hojarasca. Cuando algunas buscaban adornarse para agradar, yo me vestía con armas y convicción.

Me hice cazadora. No porque hallara placer en la muerte, sino por justicia: quien no puede defenderse debe saber que alguien lo ampara. Elegí ser protección y refugio, y también advertencia.

Acteón me espió, estando desnuda, y se atrevió a reír. Lo avisé, y no escuchó.

En lugar de recato, eligió burla. Decidió que era mejor humillar que respetar. Por ese motivo murió devorado por sus propios perros. No fue venganza, sino justicia. Si eso te parece desmedido, es porque jamás has sentido que alguien te mira como si fueras nada, como si tu existencia pudiera desecharse después de haber satisfecho el deseo.

Al hombre que forzó a mi hermana Calisto, lo marqué con mi ira. No por odio, sino por memoria, porque el olvido no cambia destinos.

Yo, Artemisa, transformo el dolor en advertencia para el mundo. Sin palabras suaves; con actos que dejan cicatriz.

Me han llamado cruel, fría, intensa, solitaria…; pero no estoy sola. Estoy conmigo, y eso me basta. Nací para romper moldes, no para llenarlos.

La idea de que me aceptaran por ser dócil no encajaba conmigo. He amado, sí, pero no con cadenas ni con promesas que pretendieran convertirme en sombra. Amé sin perderme y sin callarme, porque el amor no exige renuncias, que te arrodilles ni que te disfraces. El amor verdadero camina junto a ti sin obstruir tu paso.

A ti, mujer que eliges el silencio antes que ceder donde no hay respeto, que te alejas antes que convertirte en lo que no eres, que has sido llamada egoísta por priorizarte, te digo:

—Cuando te tiemblen las manos al poner límites, recuerda que mi arco también temblaba antes de soltar la flecha.

Yo, Artemisa, no fui hecha para templos. Nací para ser libre y para enseñarte que tú también puedes serlo. Esa libertad llegará el día en que te veas a ti misma como yo lo hago:

No estás equivocada, estás despierta.

Tu independencia no es soledad, es claridad.

Tu fuerza no es dureza, es memoria.

Tu resistencia no es terquedad, es dignidad.

Si algún día te preguntas por qué no encajas, por qué eliges la libertad aunque duela, por qué nadie te comprende del todo…, es porque llevas mi determinación, mi soledad elegida y mi poder.

Querida, esas son armas formidables. Así que tensa tu arco y úsalas bien.

AGRADECIMIENTOS

A las mujeres de mi familia

Gracias por enseñarme que se puede ser fuerte sin perder la ternura y que se puede resistir sin dejar de amar. Gracias por la sabiduría trasmitida de madre a hija como una llama que no se apaga.

A las mujeres que encontré en el camino

Gracias por llegar con luz cuando más la necesitaba y por compartir sin miedo cicatrices y risas. Vosotras, mis chicas de La orden del loto, me recordáis cada día que la familia también se construye desde la complicidad, el cuidado mutuo y la lealtad sin condiciones. Sois mi tribu elegida.

A mis lectoras

Gracias por acompañarme desde la primera palabra y por escribir mensajes y reseñas que me sacuden el alma. Gracias por leerme y por creer en lo que escribo incluso antes de que yo misma lo haga. Sois las diosas de esta historia.

A mis nueras, Naty e Issa, mis lectoras beta

Gracias por vuestro entusiasmo, que ha sido —y seguirá siendo— gasolina para este viaje. Sois parte de este libro, tanto como las diosas que lo habitan. Gracias por contagiarme emociones, por leer con los ojos brillantes y el corazón abierto, por hacerme sentir que cada historia merece ser contada y que cada libro puede ser un puente entre generaciones.

Y, finalmente, gracias a todas las mujeres que me inspiran día tras día: las que luchan, las que sanan, las que alzan la voz, las que aún están aprendiendo a hacerlo... Gracias por recordarme que, cuando una mujer avanza, otras encuentran fuerza en sus pasos.

SOBRE LA AUTORA

Lin Marrod es el seudónimo de escritora de Mayelin Martínez Rodríguez. Nacida cubana, mexicana de corazón.

Empresaria autónoma, fanática del marketing, diseñadora digital. Sus estudios nada tienen que ver con la escritura, su imaginación sí.

Es una virginiana, romántica empedernida. Amante de los perros, quien sueña con tener un refugio para los callejeritos.

Como escritora su género favorito es la novela romántica y/o erótica que se desarrolla en escenarios de época o contemporáneos.

Como lectora, exceptuando el terror, gusta de todo tipo de géneros.

En 2019, a raíz del confinamiento por el covid-19, autopublicó su primera novela. De esa manera, lo que hasta ese momento era un pasatiempo se convirtió en un trabajo a tiempo completo.

Hasta la fecha tiene cuatro novelas publicadas y dos de ellas fueron traducidas al inglés.

Colabora en el proyecto VisiBiliz-Arte de Esther Tauroni Bernabéu.

Con el relato Amor se escribe con D, participó en la antología solidaria convocada por el grupo Divinas lectoras.

Junto a las autoras Lady Amae y Clara H. Vial publicó la antología de relatos eróticos Relatos para soñar, seducir y sentir.

Sus planes futuros como escritora, a corto y mediano plazo, incluyen terminar de escribir y publicar las novelas que conforman la saga Marcas del Pasado (Ironía, Rendición, Despertar, Inocencia e Injuria), la saga Los Sartori (Conquistarte, Amarte y Desearte) y la trilogía Amores Vikingos (Einar & Freya, Einar & Astrid, Olaf & Erika).

Uno de los sellos característicos de la autora es que la mayoría de sus novelas poseen un título de un solo vocablo. ¿La razón? Basta con una palabra para definir la esencia de lo que se escribe con el alma.

OTROS LIBROS DE LA AUTORA.

**UN VIKINGO CRIADO EN LA CORTE FRANCESA DE ENRIQUE I.
UNA SANADORA NORMANDA, DESCENDIENTE DE UNA VÖLVA VIKINGA.
UN AMOR QUE SANÓ UN ALMA HERIDA Y DESATÓ LA PASIÓN DE UN ÁNGEL.**

Normandía, 1060. Cuando tenía nueve años, Einar Haraldsen fue entregado al rey Enrique I de Francia. Diez años después, su doble fama: temible guerrero y mujeriego empedernido, opacaba su oficio de médico. La corte lo conocía como «el vikingo francés».

Bajo la armadura y el encanto capaces de conquistar a cuantas damas encontraba, late el corazón de un muchacho que detesta la idea de volver junto a su padre. Por eso, cuando el rey decreta su regreso para sellar una alianza, los demonios de Einar despiertan.

Freya, sanadora normanda que juró odiar al vikingo francés antes de siquiera conocerlo, acaba convirtiéndose en su salvación. Un cruce de miradas y un malentendido bastan para derribar prejuicios y revelar las cicatrices que ambos ocultan.

Él halla en ella la luz que calma su furia; ella descubre en él la nobleza que su leyenda silenciaba. Mientras los guerreros normandos y francos se disputan territorios, su vínculo crece hasta convertirse en una relación épica: la clase de amor mágico que todos deseamos vivir.

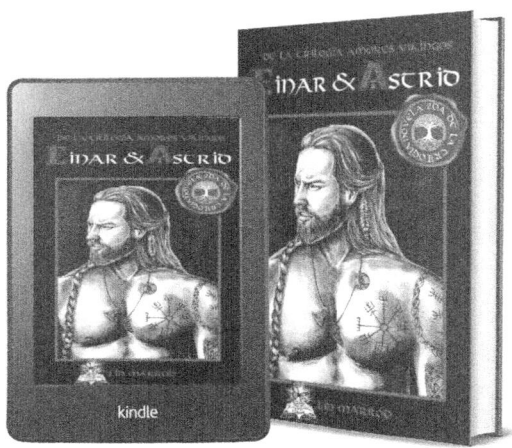

UN MATRIMONIO FORZADO PUEDE FORJAR ALGO MÁS QUE UNA FRÁGIL PAZ… PUEDE DESATAR UNA PASIÓN CAPAZ DE INCENDIAR INGLATERRA Y CAMBIAR EL DESTINO DE CUATRO PERSONAS.

Cornwall, siglo XI, Inglaterra. Einar Haraldsen, temido caudillo normando, se enfrenta a la valerosa Maryann, guerrera inglesa. Su arrojo y belleza sacuden el corazón adormecido del guerrero.

Como moneda de paz, ella es entregada a Einar; pero la noche de bodas acaba en desastre. El odio de Maryann hacia su marido impuesto parece inquebrantable. Cinco meses después, cansado de su desprecio, Einar está dispuesto a concederle la libertad.

El intento de secuestro de Neils, el pequeño hijo del normando, marca un antes y un después en su convulsa relación. Entre venganzas, resentimientos y antiguos juramentos, el orgullo se resquebraja y la atracción crece hasta volverse imposible de negar.

Cuando descubren que nada en su historia fue casual, Maryann y Einar deberán elegir: proteger su amor recién hallado o sacrificarlo para salvar a quienes aman.

DANTE Y LEO, LA SEGUNDA GENERACIÓN DE GEMELOS IDÉNTICOS DE LOS SARTORI
LUCIANA, UNA MUJER CON FUEGO EN LAS VENAS.
UN PASADO COMÚN QUE ARDE MÁS QUE CUALQUIER CASTIGO.

Luciana Alves nunca quiso enamorarse de un mafioso. Mucho menos de uno como Dante Sartori: dominante, oscuro y adicto al con trol; p ero el deseo no entiende de advertencias… y ella cayó.

Dante y Leo comparten más que la sangre: comparten el amor por la misma mujer. Uno la dejó ir. El otro la marcó.

Cuando un accidente separó a Dante de Luciana, esta aprendió a temer más al amor que al peligro; pero el destino tiene una forma cruel de cerrar ciclos.

Ahora, dos años después, Luciana necesita la ayuda del hombre que conquistó su cuerpo, y le dejó el alma en ruinas.

¿Su precio? Un acuerdo. ¿El problema? Dante nunca juega limpio.

Luciana quiere ser amada, Dante la quiere de vuelta en su cama y Leo solo quiere que lleguen a un entendimiento antes de que se destrocen por segunda vez.

Pero cuando el amor duele, a veces, lo único que queda es volver a abrir la herida.

TRES AUTORAS.
TRES ESTILOS.
UNA SOLA PROMESA: LLEVARTE AL LÍMITE DE LO QUE SE SUEÑA, SE SIENTE Y SE DESEA.

En esta antología especial para San Valentín, Clara, Lady Amae y Lin Marrod unen sus plumas, sus pasiones y sus heridas para darte relatos intensos, reales y profundamente sensuales.

Aquí no hay cuentos de hadas. hay mujeres que arden, que tiemblan, que se entregan o se rebelan... Y hombres que despiertan tormentas.

Cada historia es un espejo de fantasía donde el amor se mezcla con el dolor, el placer con el desgarro, y la ternura con la piel erizada.

No es solo una lectura; e una experiencia.

❤ **ADVERTENCIA:**
Contiene escenas explícitas, emociones a flor de piel y verdades que tal vez no quieras ver reflejadas; pero si te animas: enciende una vela, sirve vino, dale *play* a la lista de canciones del libro y respira hondo. **Estás a punto de ser seducida.**

Made in the USA
Coppell, TX
31 August 2025

54044300R00039